U0132483

兒童品格修養繪本

晴天娃娃·雨天寶寶

黃嘉莉◎文　彭韻嘉 周 蕊◎圖

商務印書館

晴天娃娃・雨天寶寶

編　　著：黃嘉莉
繪　　圖：彭韻嘉　周　蕊
責任編輯：鄒淑樺
封面設計：張　毅
出　　版：商務印書館（香港）有限公司
香港筲箕灣耀興道 3 號東滙廣場 8 樓
http://www.commercialpress.com.hk
發　　行：香港聯合書刊物流有限公司
香港新界荃灣德士古道 220-248 號荃灣工業中心 16 樓
印　　刷：中華商務彩色印刷有限公司
香港新界大埔汀麗路 36 號中華商務印刷大廈
版　　次：2022 年 1 月第 1 版第 2 次印刷

ISBN 978 962 07 0519 9
Printed in Hong Kong

晴天娃娃·雨天寶寶

在那久遠的年代，有一片神秘的樂土，那兒不是桃花源，但屋舍、良田連綿數千里，人皆怡然度日；那兒亦不是香格里拉，但雪山、草原、湖泊星羅棋布，盡得四季之美——更重要的是，那兒有位愛民如子的大腳趾國王。在國王的管治下，每個老百姓都

過着安居愜意的日子。每一天，每個人都掛着笑容過日子——但世事總有例外……

在這國度裏有一間不起眼的小學，在學校裏的數百位學生中，有一位害羞的小女孩——她就是小琳。

小琳有一雙烏溜、機靈的大眼睛。做事認真、個性文靜的她不大愛說話，與身邊那羣吱喳不停的小女孩不一樣。當你和她說話時，她的雙眼會專注的望着你，如果她認同你的話，她的嘴角會微微上揚，但那一揚，剎那即逝，這不是笑容——因為大家從未見過小琳的笑容。在班上，小琳成績優異，很受大家歡迎。她個子比較矮小，令人有一種要好好保護她的使命感。

最令人印象深刻的還是她那掛在書包上的小小的晴天娃娃。這個小娃娃不是買回來的小玩意，而是小琳親手用一小塊白布和棉絮包裹而成，再由她在娃娃的臉上加兩個小點作為眼睛，一道短短的橫

線作嘴巴。其他小孩在書包、筆袋掛的都是買回來的小飾物：小貓、小狗、小熊……看來只有小琳最有心思。

除了掛在書包上的晴天娃娃，小琳也會在自己的書和物品貼上一個由便條紙剪成的晴天娃娃，再在上面寫上自己的姓名。與那些丟了東西也不知，或從不寫上名字的孩子相比，小琳顯得更謹慎細心。

午飯休息的時候，坐在一旁的小琳總愛在畫冊上畫晴天娃娃，一個接一個，畫畫的興致從未減退。小琳畫畫的時候，小惠也愛坐在一旁欣賞，話不必多說，二人是班上眾所週知的好朋友。小琳也愛做晴天娃娃書籤，偶爾多做了，小惠便負責把晴天娃娃書籤派給同學作禮物。

其實早在一年前，新學期開始沒多久，已有小朋友不停的問：「小琳，為甚麼你那麼喜歡晴天娃娃？」小琳的嘴角微微一揚，當作是回答了問題。時間長了，大家也不再多問了——這是個沒有答案的問題——即使是小惠也不知道這個只屬於小琳的秘密。

你——是否也和其他小朋友一樣好奇？

你——是否已準備好去找出答案？

那麼，請你先深深吸一口氣，閉上眼睛兩秒鐘。

準備好了？我就把真相告訴你。

那年，小琳還在唸幼稚園。

一天，天下着大雷雨，明明是早上，卻烏雲蓋着天，如晚上一樣；雨下了一整天，夾雜着轟隆的雷聲，愈下愈起勁，整個天空像被封住了似的。孩子聽到成年人說，不少路段已出現水浸，山邊亦出現了塌方，住在低窪地區的人要盡快離開；而幼稚園學生還不明白情況的嚴重，大家仍圍在一起，上遊戲課，窗外的雷聲、雨聲也未能掩蓋小孩的笑聲、追逐聲。

在笑聲中，校長到了教室門外，和班主任說了幾句。

原來小琳的爸爸到了學校要把孩子接走。事情有點不尋常，小琳年紀太小了，不太明白成年人的話，只知道爸爸剛外訪回國。跟校長說再見後，便跟爸爸走了。

爸爸的面色很差，沒有說話，可能剛回國實在太累了，但小琳仍是有點怕，也開始感到不安。爸爸沒有把小琳帶回家，卻把她帶到一個陌生的地方——那兒空調很冷；男和女都穿上白衣裳，走來走去；遠處好像還有哭聲……

爸爸的大手牽着小琳的小手，但卻沒有平日由手心傳來的暖意。小琳被爸爸帶到媽媽的床邊，受了重傷的媽媽頭上纏了布帶，血還不停的滲出來，面色比爸爸的更難看——就在那個雨不肯停下的晚上，小琳再也喚不醒睡着了的媽媽。

失去媽媽的孩子是最可憐的！可憐的爸爸找不到安慰小琳的話；而小琳從此也找不到令自己高興的事情。

沒多久，暑假開始了。新學期開始了，小琳轉到另一間小學，身邊的新同學固然不會知曉，那個雨沒有停下來的晚上發生的事。

自此，小琳心中總盼望以後每天都是晴天。她更深信，惡魔會在下雨的日子奪去她的最愛。如遇上下雨的日子，小琳會比平日更沉默，甚至不願離開家門——她相信走過一段段水浸的路面後，最壞的事情便會在路的盡頭等着她。

於是，小琳便開始做晴天娃娃、畫晴天娃娃、貼晴天娃娃——晴天娃娃最後成了小琳的標誌，也是小琳的秘密——要一個小孩守着一個痛苦、一個秘密，實在太吃力了。

春天到了，暖意襲人。一天，小惠拿着一張粉紅色的小咭走到坐在花叢旁小琳的身邊。

「小琳，下月一號是我的生日，你一定要來我的生日會。在生日會上，我要向大家說，小琳是我最要好的朋友。」小惠說罷，露出缺了門牙的笑容。

「謝謝。」小琳說話不多，其實她的朋友也不多，聽着小惠宣言式的邀請，小琳的嘴角也露出小惠從未看過的笑容。

距離小惠的生日還有一個月，小琳會準備甚麼生日禮物呢？

她買來一塊小小的、粉紅色的絨布。她要親手為小惠做一個晴天娃娃，兩個小黑點是眼睛，一個小弧形便是嘴巴。小琳把那個粉紅色的晴天娃娃小心翼翼的放到小盒中，再在盒上貼上晴天娃娃形的貼紙，並寫上「生日快樂！」小琳要小惠每天都活在陽光漫灑的日子。

就在小惠生日的那天，小琳早上醒來，就被窗外的天色嚇呆了。怎麼可能？不可能的！雨季這麼早便到！昨天不還是好端端的嗎？

窗外的雨沒有細聽小琳的禱告，更沒有理會小琳的投訴，雨愈下愈大，天上全是黑壓壓的烏雲，雲層很低，天快要塌下來似的，就像黑夜已來臨了。

爸爸說即使是下雨，也可把小琳載到小惠家，但小琳拒——絕——了！

小琳說在下雨天，她是不會上街的，爸爸眉頭一皺，又想起那個下雨天。

星期一回到學校，小惠氣沖沖的走到小琳跟前，她要小琳解釋失約的原因，小琳沒有說話，只低下頭，站着的小惠看不到小琳的淚，更看不到小琳手中的小盒——從那一天，他們二人沒有再說話了。

國王盃朗誦比賽

踏入夏季，又是準備「國王盃朗誦比賽」的日子。這不只是孩子的盛事，也是全國的盛事。

「國王盃朗誦比賽」的決賽，每年也在皇宮舉行，每年也由大腳趾國王作總裁判，若能晉身決賽，就能到皇宮走走，一睹國王的風采可是孩子童年時最大的快樂。

開始挑參賽者了，今年的誦材是描寫一個孩子的四種情緒——喜、怒、哀、樂。最後老師選了兩國不同性格的男生，兩國不同氣質的女生，每人分別負責朗誦一段：

小聰、小志負責「喜」、「怒」兩

段，個性開朗的小惠負責「樂」，而總是不大愛笑的小琳便被老師選上負責「哀」。要選一個孩子負責「哀」的那段，一點也不容易，但老師早已留意到小琳眉宇間的哀愁，所以她是最合適的人選。

在訓練期間，小惠仍是沒有和小琳說話，但這無礙小孩的投入。訓練順利完成，孩子的表現也很不錯。

比賽的日子到了！

參賽的孩子和觀賽的家長早在比賽前兩小時到達。有的聚集在皇宮門外，有的魚貫進場，連大腳趾國王也準備好了當今天的總裁判。

可——是——

可——是——

可——怕——的事情又來了。

由昨夜至今早，雨一直下個不停，有風、有雨、有雷……還有回憶。正如其他下雨的日子，小琳只想留在家，不願出門。

爸爸走到小琳身邊：「孩子，今天是比賽的日子，別失約！」

小琳的雙眼像把一整夜的雨水也盛住了，心想：下雨天，天會塌下來，我不能出門。又想：路的盡頭，會有惡魔等着我。再想：那惡魔有猙獰的面容，還會伸出利爪，這次可能會抓去爸爸，我很怕，我很怕……

沒留意，爸爸已站在小琳的身旁，手提着小琳的小布袋，拍拍她的肩，「孩子，我們有晴天娃娃，還怕甚麼！再者，國務卿的女兒怎可缺席『國王盃朗誦比賽』呢！」

小琳抬頭看到爸爸堅定的眼神，遲疑了好幾秒，終於點點頭。爸爸伸出他的大手掌，小琳便把小手放到大手掌中。

在路上，小琳一直把小布袋摟在懷中，心裏懇切地向着那小小的守護神祈禱。

參賽者已聚集在皇宮的大廳，但雨還是沒有停下來。小惠知道小琳未必會出席今天的比賽，但她期待的眼神一直沒有離開大廳的大門。

直到小琳和爸爸站在大門，孩子們和老師都舒了一口氣；小惠甚至偷偷的歡呼了一下；還有，連坐在寶座上的國王也笑了。

比賽順利地進行了。

國王盃朗誦比賽

最後比賽結果公佈，小琳的團隊得了亞軍！

「喜」和「怒」早已摟成一團，小惠牽着小琳的手，孩子們歡笑的眼中閃爍着淚光。大家也看到自己從未見過的景象——小琳的笑。

比賽結束，眾人走出皇宮，小琳指着天空：「爸爸，爸爸，有彩虹呀！」小琳抬着頭，小手正指向長空，爸爸蹲下身，捧着小琳的臉說：

「我的雨天寶寶，有了彩虹，從此你就是你自己的晴天娃娃！」

筆下情真

小朋友，你喜歡小琳的故事嗎？可惜小琳說話不多，也不懂用說話向別人作解釋。小琳失約於小惠，未有出席她的生日會，這事令小惠非常氣憤。請你替小琳給小惠寫一封道歉信，好令大家的友誼不要因這事而受影響。

作者簡介

黃嘉莉，現職教師。

平日教室裏，我由托爾斯泰的《人需要多少土地》説到中國的歷史故事《趙氏孤兒》，孩子們愛聽，也沉醉；我愛説，也沉醉，並深信這些故事能鑄造孩子的人格和情操。

後來一次偶然機會，我動了構思小故事的念頭——

由説故事踏前一步去寫故事，盼望這些小故事能贏得讀者的欣賞。